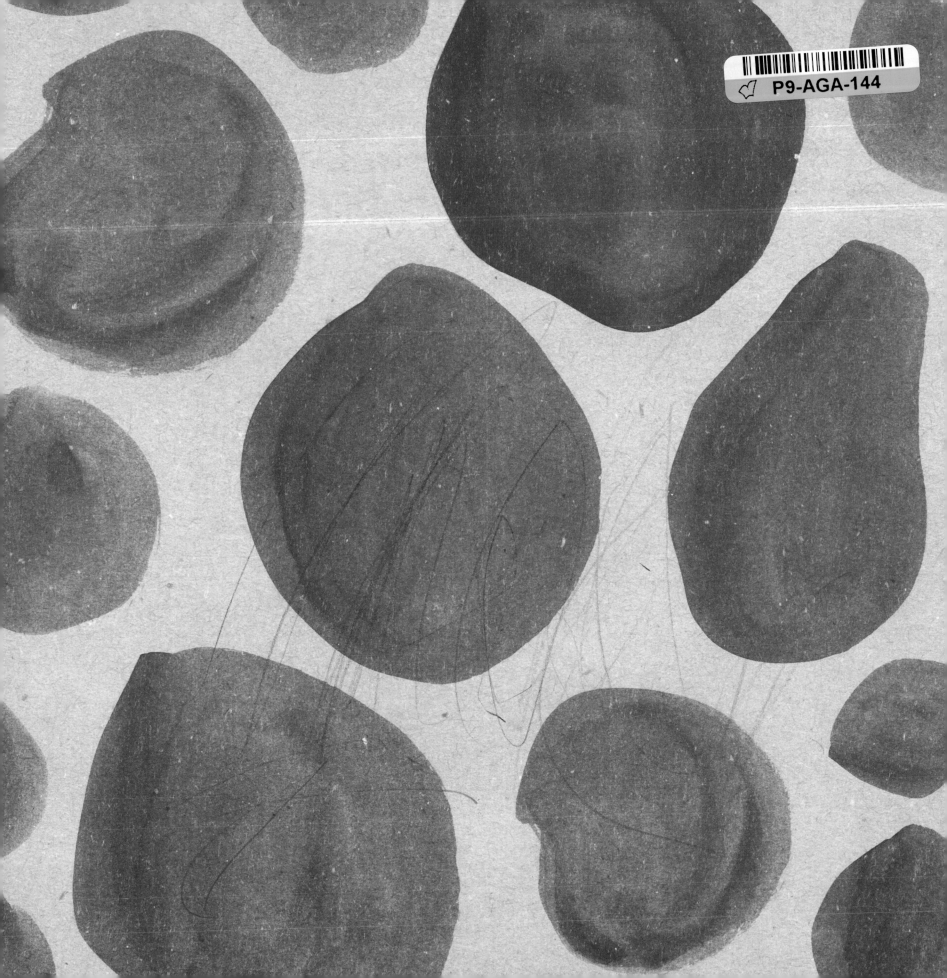

A Helen y Gabby – M. R.

*Para mis padres y la guarida del arte bajo las escaleras,
donde todo comenzó – C. P.*

Puedes consultar nuestro catálogo en www.picarona.net

CÓMO ESCONDER UNA JIRAFA
Texto: *Michelle Robinson*
Ilustraciones: *Claire Powell*

1.ª edición: marzo de 2018

Título original: *Have You Seen My Giraffe?*

Traducción: *Verónica Taranilla*
Maquetación: *Montse Martín*
Corrección: *Sara Moreno*

© 2017 Michelle Robinson por el texto
© 2017 Claire Powell por las ilustraciones
Publicado en primer lugar en 2017 por Simon & Schuster UK Ltd.,
1st Floor, 222 Gray's Inn Road, London WC1X 8HB, Reino Unido,
© 2017, Simon & Schuster UK Ltd
(Reservados todos los derechos)

© 2018, Ediciones Obelisco, S. L.
www.edicionesobelisco.com
(Reservados los derechos para la lengua española)
Edita: Picarona, sello infantil de Ediciones Obelisco, S. L.
Collita, 23-25. Pol. Ind. Molí de la Bastida
08191 Rubí - Barcelona
Tel. 93 309 85 25 - Fax 93 309 85 23
E-mail: picarona@picarona.net

ISBN: 978-84-9145-130-3
Depósito Legal: B-25.863-2017

Printed in China

Cómo esconder una jirafa

Michelle Robinson • Claire Powell

 **Picarona**

Solían regalar peces de colores en la feria.

Ya no lo hacen.

Ahora es más probable que ganes una jirafa.

Ya sé lo que estás pensando.
Bonita mascota.

Pero apuesto a que tus padres no piensan lo mismo.

—Claro que es bonita –dirán–,
pero también es GRANDE y torpe.

Y además,

no hay lugar para guardarla.

¿Pero ellos qué saben?

Podría entrar aquí.

Apretujarse aquí dentro.

O espachurraaaaarse aquí.

Bueno, quizás no.

—¡No puede quedarse aquí!

Eso es lo que ellos piensan.

Tu jirafa **puede** quedarse.

Sólo necesita un buen escondite.

Pensemos. ¿Cuál es el mejor lugar para esconder una jirafa?

¿La selva, dices? ¡Buena idea!

La selva es justo el tipo de lugar para esconder un animal GRANDE y torpe.

Pero las selvas tardan mucho en crecer…

Por lo tanto, mientras esperas,
transforma tu jirafa en un disfraz temporal.

Podría ser una lámpara muy moteada.

Un perro muy raro.

O una amiga muy alta.

Si todo lo demás falla, siempre puedes camuflarla.

O pintar toda tu casa como una jirafa…

. . . o pintar tu jirafa como una casa.

Uy.

Mmm, quizás tus padres tenían razón después de todo.

Es muy
grande.

Y torpe.

Y realmente **no hay lugar** donde tenerla.

¡RAYOS!

¡**Ahora** tampoco hay lugar para nosotros!

¿Rayos? ¡Ése sería un buen nombre!

Pero eso no importa ahora.

No puedes tenerla.

Debes devolverla
al lugar de donde vino…

Teníais razón todo el tiempo.

Éste es el único lugar donde se puede

tener un animal grande y torpe

(llamado Rayos).

Ahora, tu jirafa no tendrá que esconderse NUNCA más.

A menos que, claro…

...¡ella quiera esconderse!

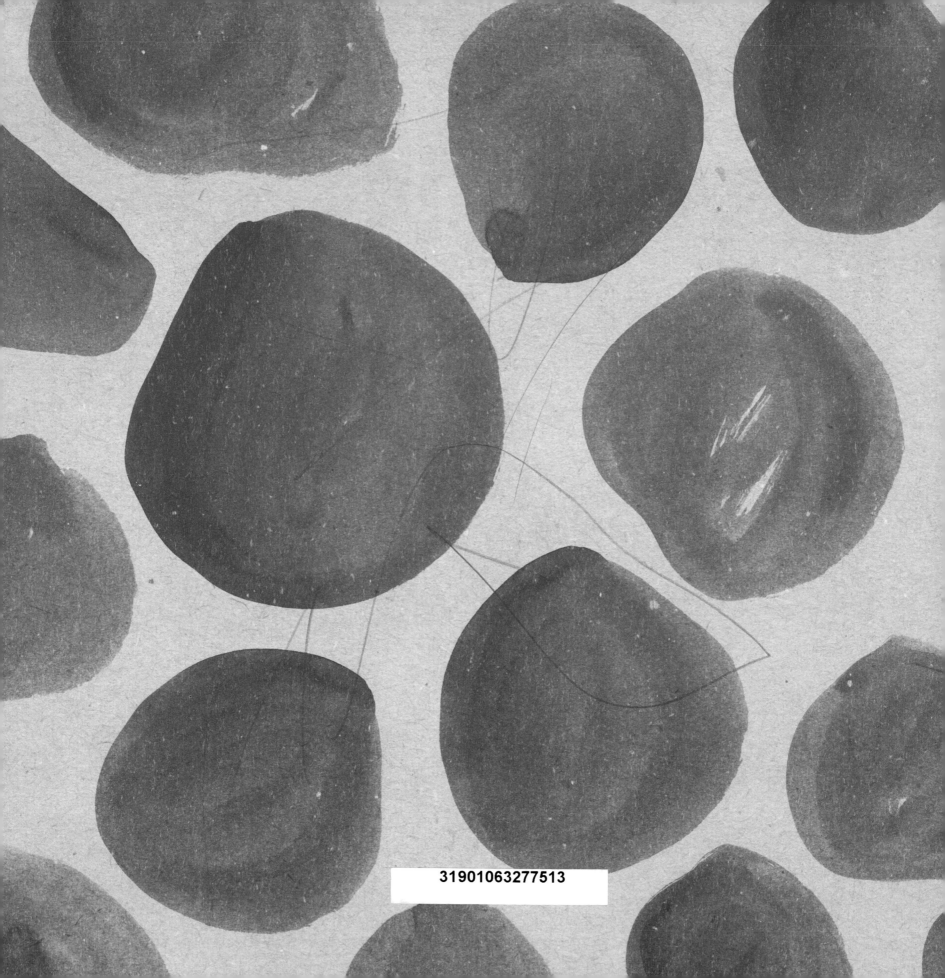